딴청 피우는 여자

황금알 시인선 108

딴청 피우는 여자

초판발행일 | 2015년 6월 30일

지은이 | 정영운
펴낸곳 | 도서출판 황금알
펴낸이 | 金永馥
선정위원 | 마종기 · 유안진 · 이수익 · 김영승
주 간 | 김영탁
편집실장 | 조경숙
표지디자인 | 칼라박스
주 소 | 110-510 서울시 종로구 동숭동 201-14 청기와빌라2차 104호
물류센타(직송 · 반품) | 100-272 서울시 중구 필동2가 124-6 1F
전 화 | 02)2275-9171
팩 스 | 02)2275-9172
이메일 | tibet21@hanmail.net
홈페이지 | http://goldegg21.com
출판등록 | 2003년 03월 26일(제300-2003-230호)

ⓒ2015 정영운 & Gold Egg Publishing Company Printed in Korea

ISBN 979-11-86547-03-8-03810

딴청 피우는 여자

정영운 시집

황금알

시작과 끝을 가르는 무모함을 버릴 때가 왔다.

소극장에 모여앉아 고도를 기다리는 당신들의 오기를 냉소할 때가 왔다.

모사와 표절을 만지작거리는 어리석음을 버릴 때가 왔다.

앙코르와트에 묻힌 차우의 사랑을 훔쳐보는 당신들의 뱁새눈을 경멸할 때가 왔다.

델핀이 노을 속에서 만났던 녹색 광선을 덜컥 맞고 싶지는 않다. 거절이다.
머뭇대기만 하다가 이제야 다시 시작하는 걸 이미 들켰으므로.

차 례

1부

2부

3부

1부

딴청 피우는 여자

굉장히 덥다고 말을 걸자, 이런 날은
발목 늘어진 양말이라도 꿰차는 게
상책이라고 말했다
몹시 배도 고프다고 말하자,
더위를 실컷 먹어 입이 깔깔한데
어떻게 밥이 먹히겠느냐고 말했다
지끈지끈 머리가 쑤셔온다고 말하자,
두통약 두 알은 벌써 삼켰기 때문에
슬리퍼 뒤축에 밟혀 있는 약봉지는
비어 있다고 말했다
이제는 그리운 어떤 것도 없다고 말하자,
그렇게 유치한 사탕발림 놀이는 말하는 게
아니라고 대답했다
몸 쏙 빠져나간 매미 껍질이 왜 아직
늙은 느티나무에 찰싹 붙어 있는지
도무지 모르겠다고 하자,
그 여자 벌컥 화를 내었다
훌쩍 떠나간 제 몸 기다리는 게 무슨
죄가 되겠느냐고

가망 없는 기다림이 느티나무 둥치에만
걸쳐져 있겠느냐고

하품하는 사내

사내 : 꾀죄죄한 몰골에, 빛깔을 짜내 버리고 스스로 세
　　　월만 덧입힌 긴 외투를 걸치고
　　　아귀 안 맞는 지퍼가 녹까지 슬어 있는 서류가방
　　　을 들고

벤치 : 이제 사내가 비스듬히 앉아야겠지요
　　　한쪽 팔로 턱을 괼 차례이긴 한데
　　　지끈지끈 머리가 아파오는지 오른쪽 이마를 짚습
　　　니다

주변 : 성형외과에서 살금살금 내려온 발자국이 지하도
　　　층계로 사라지고는, 핸드폰 통화음들이 몰려다니
　　　며 한풀 꺾인 오후를 닦달하고 있습니다

사내 : 사내의 의지가 개입된 것인지는 모르겠으나 아무
　　　소리도 아무것도 보이지 않는다는 표정이군요
　　　그가 타야 할 평촌행 광역 버스가 저기 오고 있으
　　　나 꿈쩍하지 않고 그저 하품이나 하는 듯하더니
　　　그래도 한마디 지껄이고는 있군요

〈'무력감이야말로 나를 가장 힘 있게 사로잡고 있는 것인지'〉*

* 정영문 소설 「하품」 중에서

오만과 편견

겸손과 톨레랑스를 무시하라
그리고 그것들의 배후를 조심하라
더욱이 톨레랑스란 놈은 겁나게 거시기한 나라의 말이
라고 하더라

우리를 발가벗기려는 음모를 조심하라
우리는 은폐를 전통으로 삼아 꼭꼭 숨어 있어야 하느니

클레오파트라가 어떻고 마리아 칼라스가 어떻고,
누구의 콧대 운운하는 소리에 귀 기울이지 마라
철밥통을 껴안고 살아야 하느니

우리가 마치 쌍생아인 것처럼 호도하지 마라
우리의 소통이 물 흐르듯 자연스러운 것은 사실이나
엄연히 길이 다르고 뜻이 다르거늘

떨어진 목련 꽃잎들을 보지 마라
개통보다도 지저분하게 썩어 가느니
하얗게 하얗게 은폐되었던 무엇이 저토록 참혹하냐

우리의 콧대가 주저앉는 날
홀연히 몸을 감추기 위해서라도
꽃잎들의 마지막을 학습하지 마라

우리가 오늘은 어디에서 은근한 눈빛으로 아첨하는
겸손과 톨레랑스를 쳐부수느냐

우리가 본디 영국 출생인 것처럼 제인 오스틴은 허풍
을 떨었으나
최근엔 덩달아 감독 조 라이트까지 법석을 떨고 있으나,
천만에? 문어발 달린 잡식성 기생충이 원산지는 무슨?
사람냄새 나는 곳이면 어디에서고 우후죽순처럼 나고
자라는 게
우리의 본성이거늘

저녁 한때

함부로 구겨진 게 아니니 잘 개켜진 거라고 말할 수밖에
풀기 없는 와이셔츠 등판 같은 후텁지근한 오후의 한
때가
오늘도 어김없이 하느님의 방식으로 개켜져
시간의 뒷장으로 퇴장하고 있다

이제 어둠이라도 팽팽하게 끌어당겨 아귀 맞추려 했으나
어둠의 밀도마저 들쭉날쭉 제각각이니
어둠이 내 손목을 당겨줄 때까지 기다려야 한다
허물어져 가는 염전 둑길을 지나
뒷짐 지고 돌아가는 노인의 한숨이
한낮의 더위에 더부룩해진 개망초 풀숲으로
떨어지는 소리를 기다려야 한다

이렇게 한순간이 아주 긴 것처럼 최면을 걸어놓느라
아파트 담장 쥐똥나무 꽃들은 향낭을 통째로 풀어놓고
나는 무언가를 참을 수 없다는 듯 들고 있던 볼펜 심을
눌렀다 당겼다 하면서 딱딱 소리를 내고 말았다

'대한 마그네틱스'라는 간판 아래 샛문이 빼꼼히 열렸
는데
　고물고물한 강아지 몇 마리가 뒤엉켜 쭈그러진 양푼을
달그락거리며
　저녁밥을 먹고 있는 게 보인다 바로 이때 누군가는
　또다시 완결편이라는 빌미를 붙여 써내려간
　붙일 수 없는 편지 한 장을 만지작거리며
　저녁밥을 거르고 있을지도 모르는 일

젖지 않는 까닭

멀쑥하게 서서 빈둥거리던 나무들도 깨우고 거무죽죽 녹슨 철 대문 안쪽도 기웃거리고 미끄럼 타는 아이 털모자 뒤꼭지도 건드리며 골목 한켠 눈 더미도 녹여가며 조근조근 내리던 비, 무심코 지나던 그것들에게 묻네요

닳고 닳은 연골과 말라비틀어진 근육과 방수 처리된 패딩코트와 물켜기 싫어 입 꾹 다문 그것들에게 묻네요

왜 젖지 않지요?

어떤 목록

혼자 돌아오는 길 은행잎들 저어새처럼 내려앉는다 저어새? 핑계 없는 무덤만 늘어가는 땅에 발 디딜 틈 없어 지상에 남은 6백여 마리마저 5년 후쯤에는 멸종되고 말 것이라는 그 새들

희디흰 날개에 실린 저어새들의 슬픔들이 강화도 석두리 노을 속으로 막 떨어지고는 갯바람에 편도선 앓는 갈꽃들의 쉰 목소리만 눈시울 붉히며 돌아누운 갯벌을 오르내리고 있었는데 그때 나는,
엿장수 따라갔던 다섯 살배기 동생 업고 눈물 콧물과 함께 돌아올 때 털 빠진 늙은 개 따라오던 외딴 동네 탱자나무 울타리를 왜 떠올렸을까?

꽃샘바람에 떨던 간이역과
주우려 하지 않아도 어느새 움켜지고 있는 가령 이런 것들
내 쓸쓸함의 목록들 : 아이, 은행잎, 저어새, 버려진 풍경, 먼 기억

그래도 한마디

할 말이 없다는 것이 문제지
할 말이 없다, 라고 지껄여보려 했지만
굳은 혀 들썩이는 사이에
그 마음 주저앉더군
허공에 잠깐 금을 긋는 것이
무슨 소용이 되겠어
오고 가던 그 많은 말이
둘 사이를 넘치게 숭배하던 시퍼렇던 것들이
왜 돌아오지 않는지
물론 아무도 묻진 않지만,
솔직히 대답할 수 없어
나무랄 것 하나 없는 오월의 햇살이
슬금슬금 지겨워지길래
나, 짐작은 했었지
당산철교 아래
꽃창포 보라 꽃이 살랑대다가
성에 안 차는 듯 잽싸게
바람 따라나서는 걸 지켜보면서,
이제 금을 낼 필요도 없다고
정말 아무 말 필요 없다고, 그래도 한마디 하고 마네

억새 숲에서

지금쯤이라면 누구라도 헛간을 채울 때가 되었겠다
거짓이라도 섞어 쟁여 놓았던 결핍의 알들이 그럭저럭
몸 불려가며 용케도 버텨 왔음을 누구라도 수긍을 하
겠다
하천부지 두어 마지기 논 오래도록 지켜보다가
방금 돌아온 햇살, 한풀 꺾인 이곳에서라면

운동화 끈은 다시 느슨해졌으나 지금쯤이라면 아무라도
허리 구부리는 것 버거워하지는 않겠다
유난히 낯가림하며 그러나 온몸으로 저녁기운
흠뻑 적시고 있는 억새 숲에서라면

혹, 놓친 시간의 꼬리를 가까스로 잡은 누가 있다면
그래도 이 시간만큼은 잠깐 쉬어가라고
발목 부여잡겠다
숲 끝에서 끝으로 휘청거리다가도 하얀 솜털들만
살랑대며 숨 고르는 여기 숲에서라면

낭창낭창

단단히 말뚝을 박고 줄을 건 다음
당기고 밀어내기를 반복하며 줄을 조율하던
어름사니 권원태는, 줄 위에서 걷기를 반복하며
테스트하고 있던 제자에게 한 마디 하였다
"줄이 너무 받아도 느슨해도 안 된다"
"그래, 낭창낭창하냐?"

낭창낭창 잘 조율된 줄 위에서
남사당패 권원태의 제자인 두 청년은,
사뿐사뿐 걸어 다니다가 때로는 솟구쳤다가
가볍게 착지하면서 깊고 푸른 하늘을 마치
새처럼 자유롭게 혹은 신명나게 부리면서
어름사니가 되는 신고식을 무사히 치러내었다

오늘은 한 번 네가 나에게 길을 물어라
"서툰 솜씨로 상모 돌리며 가는 네 길도 낭창낭창한
가?"
"가끔은 그러한가?"

겨울 입구

국민은행 앞 육교 위 지나는 사람 보이지 않고
빗물 번진 대리운전 광고지만 너덜거리지
가로수 빈 가지들, 갈길 까마득하여
조바심치던 이파리들 다 털어버리고는
마른버짐 퍼진 밑둥치나 천천히 내려다보지
강서한의원 작은 화단 산국 두어 포기
서릿발에 언 몸 비비다가 가끔 진저리도 치지

한낮에 웬 적막강산이냐고 하시겠지만
귀 기울여야 할 일 무엇이냐고 하시겠지만
소리도 없이, 그러나 제 깜냥대로 젖 먹던 힘 다하여
속속 도착하는 겨울 전령들
이쯤에서 뒤통수 맞기 전에 옷깃 여며야 하고
이제는 아득해진, 장마루촌 이발관에나 걸어두어야 할
너의 그림자 몇 컷은 명암이라도 제대로 입혀
가슴 아랫녘에 단단히 못질해 두어야 하고

아득한 것을 위하여

아득한 것들은 내버려두면 되었다
그것을 향해 손을 뻗치지도 말고
깨금발을 딛지도 말고

까치밥으로 남겨놓은 감들을 올려다보며
가끔 아득한 척도 해보자
손에 잡힐 듯 눈앞에서 흔들리고 있지만
까마득하게 바라보자

뜬소문이라고만 믿었던 아버지의 스캔들이
육하六何원칙을 맹신했던 동생의 집요함으로
탄로 났을 때, 한없이 무심하기만 했던
아버지의 마음속 아득한 곳에서 얄궂게
몸 사리고 있을 거라고 믿었던 손톱만큼의
가족애마저도 박살이 나고 말았으니

한번 봉인된 사연은
그대로 두어야 했다
얼굴 들이밀어서 될 일이 아니다

아득한 하늘 그 하늘바래기로
떠 있는 감알들아, 아득하거라
하늘바래기인지 까치밥인지 증거하지 말고
그저 아득하거라

아직은 겨울

화살나무 코르크 날개 바스러지는 소리
살풀이 끝낸 마른 숲이 칼바람 내려놓고
허리춤 가득 햇빛 채우는 소리
칼바람에 맞바람 피던 풍력 발전기 끄덕끄덕 조는 소리
소식 감감했던 들판 아랫도리에서 멋모르고 터지려는
한 생이 몸 뒤트는 소리
적어도, 한 생이라는 놈에게만은
섣부른 짓 하지 말라며 옷깃 꼭꼭 여며주고 싶지만
근지러워 달싹이는 입단속도 하고 싶지만
얼어붙었던 내 손도 아직 풀리지 않아 하루종일
구들방 아랫목만 더듬는 중이니
그러니 팔짱 낀 채 강 건너편이나 굽어볼 수밖에
아니, 감히 굽어본다고 말하지는 말자
간신히 고개 외로 빼고 엿보는 중이라고 말하면 모를까

여름날의 독서

소나기몰이 나간 구름 떼를 기다리는 동안 나는 무릎에 놓인 책을 덮고 느티나무 잎사귀들의 떨림을 읽었다 우주의 찰나를 힘겹게 건너고 있던 나는 그 일사불란함을 순간 몸부림이라고 해독했으나, 한참을 올려다 보니 왜 그렇게 눈이 부시던지 더는 바라볼 수 없었다 몸부림이라고 우길 수도 없었다 세상의 모든 누추함이 편집된 말간 알갱이들만 쏟아졌다

찰랑거리는 머리와 흰 종아리를 가진 소녀들이 쉼 없이 조잘거리다가 까르르 웃음보를 터뜨리기도 했을 떨림의 푸른 그늘, 소나기여 서둘러 오지는 마라 나 그곳에 잘 찾아들었으니 잎사귀들의 한 시절이나 읽고 읽으며 느티나무 밑둥치에게 종일을 붙박이고 싶다 찰나의 찰나만큼은 나도 눈부시게 건너고 싶다

풍문風聞

눈 밝지 못하면
똥집만 나가는 법
눈 밝은 한 어둠이 한 어둠을 업고
슬금슬금 산에서 내려와
들길을 걷고 있을 때
어깨는 결리고 발목은 부어오르기에
잠깐 쉬어가려고
업고 가던 어둠을 내려놓다가 그만
허리를 삐끗하는 바람에
어둠의 그 많은 알갱이가 일시에
쏟아지고 말았다는데
눈 밝지 못하면
똥집만 나가는 법
그래서 감나무골 어둠은 더 어두운
거라는데
그래서 감나무골 감나무들은
가을 내내 억수로 환한 감알들
달고 있다는데

착각

나, 물방울이어요
몸을 굴리면 또르륵 소리가 나요
또르륵 소리에 취해 자꾸 구르다 보면
어느새 낡은 마룻바닥으로 곤두박질쳐요
녹초가 된 몸은 저절로 오그라들어요
나 점점 가벼워져요
드디어 날아가요
완벽하게 한 점 자국 없이 날아가요

나도 한때 물이었을까요?
그럼 물이었고말고요 청계천 물이 아니라
동해를 떠돌아다니던 시퍼런 물이었지요

(백수건달 아무개 씨네 빛도 안 드는 거실 말라 비틀어져 가는
깡깡나무 잎새에 고여 있던 갓난쟁이 콧구멍만한 물방울 씨는,
그것도 결로結露 시작된 천정에서 떨어졌을 뿐인 물방울 씨는
가장 표준적인 한 생生을 살았다는 참 가당찮은 마지막 말을 되
뇌며 정말 손쓸 수 없도록 찰나였던 물의 일생을 마감하였다)

물의 평화

나의 근본은 뿌리를 내리지 말라는 것
근根 없이 본本을 지키라는 것
톡톡 쏘아대는 햇빛과
허리 실실 꼬아대는 바람에게도
은근한 눈빛 이상은 보내지 말 것
넘치는 것들 내버려두고
분수를 지키라는 것
혹하다가 뿌리내리고 가지 뻗기 시작하면
정말 큰일
그렇게 되면 나, 물 아니지
비 그친 어둑신한 계곡을
허둥거리며 내려오던 시간은 두려웠고
메꽃 서너 송이 몸 감고 있던
녹슨 철교 밑을 돌아 나오던 시절은
적막하기도 했지만
그래도 아직 아픔은 모르지
하긴 부러질 가지도 없으니까
곪아터질 뿌리도 없으니까
그러나 내게도 한번은 있겠지?

걷잡을 수 없이 온몸 솟구치는 일
그치?
그때 누가
감히 허방 친다 말릴 것이며

2부

아버지

아버지 허리병 도져 입원하던 날
하늘 끝 한번 바라봤지요
하늘 끝 세상 끝, 말이 그렇지
아무리 그런 게 끝이 있겠나 싶더라고요
내 옹색한 몸에 갇힌 쓸쓸함도
끝이 분명치 않은데 하물며

가로수 은행나무들
때 놓쳐 못 떨어진 은행 몇 알씩을 품고
내친김에 겨울 끝까지 버텨보겠다지만
계절이란 것도 원체가
빗금 치고 바뀌는 게 아니어서요
그래도 숨통은 트여야 하는 거니까
고통만큼은 분명 끝이 있을 거라며
휘적휘적 돌아서는데
움츠린 어깨 뒤를 자꾸 파고들대요
건초 같은 아버지 허리뼈
주저앉는 소리가

가을 예보

가빠진 폐에 선명한 꽃자리
의사는 말했다 더는 아무것도 부질없는 짓이라고
간경화 앓는 아버지 치매까지 들여앉히시더니
그 무지몽매한 놈들 암세포들에게도 가슴 한쪽을 내어
주셨다
붉은 기운이 다 가을 발자국이 아니라고 말씀드리고
싶었으나,
그러나 몸 밖으로 쳐놓아야 할 그물을
더는 깁지 못하는 아버지

목백일홍 꽃잎들이 간지럼 타는 소리며
꽃사과 알들이 탱글탱글 살찌우는 소리들이
블라인드 내려진 병실 창문을 흔들어댔으나
거꾸로 매달린 링거액은 조금도 흔들리지 않고
정확하게 한 방울씩만 떨어져 정맥 속으로 사라졌다

대책 없는 시간들이 숨죽이며 달려와
창문을 열어젖히자
단숨에 창을 넘은 싸늘한 기운들이
아직도 반소매 차림인 내 어깻죽지를 강타했다

아직도 웅크린 채

막다른 골목 끝에서 웅크리고 앉아 있다가 때맞추어 기어나오기 시작하던 어둠이 무서워 훌쩍거리기 시작하면 따뜻하게 등을 덥혀 달려오시던 어머니, 키가 한 뼘이나 자랐을 때 골목 끝은 파헤쳐지고 어둠의 따뜻함은 싸늘하게 식어갔다

이제 어둠은 찢어진 수만의 색깔을 띠고 봄밤의 깃발을 앞세워 끈질기게 달려들었다 늘어진 등나무 흰꽃들이 밤새 길을 막았으나 등잔불 하나 켜 놓지 못한 내 마음이 화근이었다 아직도 웅크린 채 어머니만 기다리는 내가 잘못이었다

쓸쓸한 저녁

어린 내가 실타래 속에 양손을 집어넣어
팽팽하게 당기고 있으면 나와 눈을 마주치며
부지런히 실패에 실을 돌려 감는 엄마
읍내 술도가 술독이 비었는지 오늘은 웬일로
맨정신으로 돌아오신 아버지 일찍 자리에 드시고
초저녁 싸움까지 잘 마무리하고는 동생들도 잠이 들고
언니는 자기 방에서 수예 숙제하느라 조용하고

모처럼 건 안부 전화 속 통화음들은
황사를 건너는 바람처럼 희미하고
찢어져 너덜대는 벽보처럼 한때의
효도 공약은 공허하네

노모의 기침소리만 깊어가는 저녁
앞마당 산수유꽃은 피었거나 말거나

할머니의 추억

겨우 일 년 농사만 지을 줄 아는 여자
그것도 상처의 알들만 주워
마른 땅에 쿡쿡 심는 여자
두통이 심할 때는 엉뚱하게도 박카스 한 병
들이키고 이제 괜찮다 괜찮다 하는 여자
보따리 하나 끼고 가출했다가
친정 오빠가 딸려 보낸 논 몇 마지기로
아주 잠깐만 시어머니의 구박을 피할 수
있었던 여자
작은 여자와도 화목했으니
여자끼리의 원망은 삭아들었으나
돌아가신 지 오래인 영감을 깨워
인제 와서야 육탄전을 벌이고 싶다는 여자
주름진 기억들 속에서도
빳빳하게 일어서는 상처의 알들을 구슬리느라
밤을 낮처럼 불 밝히는 여자

백 년 가까이 살았다고 손사래 치며
앞으로 일 년 농사만 그럭저럭 짓겠다던 할머니

그러나 옆집 앞집 할머니의 인생을
모방했다는 누명과 함께
돌아가신 지 오래인 지금까지도
소설의 주인공이 되지 못하는 우리 할머니

두통의 유래

내 사춘기는 참을 수 없는 두통으로 시작되었고, 이것만큼은 물려줄 수 없다며 두통약을 달고 사는 어머니는 나를 끌고 계룡산 무당집, 용하다는 병원, 한의원 등을 순례했지만 소용없는 일이었고, 방학 때마다 만나던 외할머니도 이마를 동여맬 머리띠는 필수품이었으니 그렇게 간단한 일은 아니었고,

내 딸을 진료한 의사는 우리의 뿌리 깊은 두통에 대해서 아주 짧게 말을 했다
"사촌이 땅을 샀을 때 모든 사람이 배가 아픈 것은 아니지요. 당신들은 사촌들이 땅을 살 때마다 머리가 아픈 것뿐입니다"

두통의 시간

이마에 진을 치고는 습관성으로 빌붙어 사는
게보린 두 알의 진통 효과도 잠시뿐 오늘 공격은
이제 뇌세포 구석구석까지 파고든다
숨 막힐 듯한 어둠과 난방 끊긴 방안
더듬거리며 콘택트렌즈를 찾아 끼고는
곧 자리에 쓰러졌다
온몸은 통증에 갇혀 기진맥진하고
간신히 조리개만이라도 열어 놓았다
렌즈 속을 흐리게 하는 그림들이 보인다
굴렁쇠 굴리던 둑길, 소매 끝으로 묻어나던
콧물과 어머니 이마를 동여맸던 아버지의
낡은 넥타이
그날 처음으로 두통은
내 구역을 난타했다
놈들의 진원지를 찾아 나섰던
오늘 내 처방전은
제법 감탄할 만하다
오차 없는 콘택트렌즈 속에
내 손때 묻은 굴렁쇠 하나
넣어 놓았으니

그를 치고 싶다

굵은 빗줄기에 점령당한 광화문
세종문화회관 앞 벌거벗은 가로수
밑을 지난다
계단에 정렬된 국화꽃들의 향기가
빗물에 떠내려와 내 눈과 발을
적시고는 가로수 뿌리로 간다
우산 속을 비집고 들어와
감겨드는 생각들
3단 우산을 접어 웃자라는 생각들을
툭툭 꺾어버린다
단단히 매어놓은 약속들이
풀썩 주저앉는 세상, 그 세상
한켠을 나도 차지하고 만 것이다
그의 흔들림 어떤 줄기에
대못을 박아야 할까
지금 나의 표적은 전광판의 노란 불빛
3:33으로 찍힌,
어느 날의 오후 그랜드 커피숍을
나온 직후 3시 33분의 시절이

지나고 있다
버스에 오르며 약속이 아니었던 약속
보도블록에 던져 버린다
운전기사 아저씨는 비 오는 날에도
이미자를 고집하는구나
청승맞은 노랫가락들은 버스 안을 맴돌다
지쳐 졸고 있는 내 귀를
쪼기 시작한다
음악성이 까다로운 아저씨의
뒤통수를 한 대 치고 싶다
아니지, 좀 더 솔직하자면
그를 치고 싶다
마음속에 기른 짐승 한 마리 풀어
비에 젖지 않아 온몸이 뻣뻣하기만 할
그를 치고 싶다

오늘의 처방전

　슬픔이랄 것도 없는 것들이 제법 서럽도록 발목까지 차오르는 걸 보면 무릎 깨지며 아스팔트 달려온 한낮이 기진맥진한 몰골로 대문 밖을 서성거리나 보다

　오후 내내 나는 콧노래 흥얼거리며 아삭아삭 가볍게 씹히는 새우깡을 먹고 있었는데, 20년 넘게 못 본 그가 갑자기 보고 싶어지는 것도 수상하고 아껴두었던 조니 워커 블루를 찾는 손도 그렇고 1.2의 시력이 갑자기 맥을 놓고 앞일이 캄캄하다는 것도 정말 캄캄한 일이고

　고장난 신호등 걸려 있는 로터리 돌아 그에게 갈 수 없는 저녁, 내 어릴 적 예배당 종지기 되어 빗속에 찢긴 노을을 기워 그에게 한 자락 보내야겠다 저녁 종소리 끝나는 그곳까지 그가 와 있다면 많은 말을 아끼고 가벼운 악수나 나누게 될 빈손이라도 데리고 그가 만약 와 있다면

　〈오늘 처방전에는, 눅눅하고 아득하게 종소리를 울릴 것. 그리하여 끈질기게 숨어 자라는 내성의 뿌리를 잘라 버릴 것이라고 쓰여 있음.〉

46

시간이 죽나

배터리 뽑아낸 시계 드디어 멈춰 선다
화투짝이나 날리며 한낮을 패대기쳐 보았다
그렇다고 시간이 죽나? 어림없다
먹을 게 없으면 허공이라도 갉아 먹겠다고
으름장 놓는다
벌떡 일어나 흐드러진 꽃 보러 간다
목조계단 빙글빙글 돌며
월드컵 생태공원 올라서니
싸리꽃 붉은 안개처럼 몰려와 있다
핏대선 시간 여기선 어떠한가
저도 눈에 붉은 물기 어릿거리는지
내 손목시계 눈금을 뭉개 놓았다
그러나 이거야말로 눈 가리고 아옹이지
저기 김포 쪽으로 낙하 중인 거대한 해시계
내일도 어김없이 째깍거릴 텐데
시간이 죽나?
가상하게도 무소부재無所不在를 몸소 실천하시겠다는
그분이 죽나?

모호함의 은행*

그 은행은 덕수궁 미술관에 잠깐 세들어 사네
장 뒤뷔페가 눈 부릅뜨고 꾸려가네

소식을 늦게 들은 나는 허겁지겁 덕수궁으로 가네
은행 문은 활짝 열렸으나 무엇을 예금하고 무엇을
찾는다는 말인가
은행의 문서들은 뱀들처럼 똬리를 튼 채
와글거릴 뿐이네
해독할 문자를 찾아 어슬렁거리다가 겨우,
캔버스 한 모퉁이에서 사하라 사막의
쓸쓸한 바람이나 줍네
그때, 타다 만 석탄 덩어리들을 막 양동이에 주워담던
장 뒤뷔페가 '그 흔하고 너덜거리는 바람의 알몸을
왜 꿰차느냐'면서 나를 노려보네
'전통도 관습도 쫓아버린 당신의 캔버스에
원시성의 석탄 덩어리나 휘두르라며'
나도 버럭 소리를 지르고 마네
그가 떠돌던 사하라를 결코 모방하려는 게 아니었는데
야비하게 딴지를 거네

시시비비에 휘말리지 않으려 급히 발을 옮기네

그 은행은 결국 내방객들의 찬 가슴을 들쑤시기나 하고
세든 방을 떠날 것이네
아무란 합의도 없이 말이네

* 프랑스 화가 장 뒤뷔페 (1901~1985년)의 1963년 작품

전망이 우울하다?

앵커 A : 고유가 소식이 우울한 전망을 낳고 있습니다.
　　　　시민 A씨는 고육지책苦肉之策으로 폭스바겐에서
　　　　나온 이미 낡고 낡은 물방개차 한 대를 중고차
　　　　시장에 내어놓겠다는군요.
　　　　에너지 고갈 시대에 세계의 시민으로 발맞추
　　　　어 가려는 노력이 눈물겹습니다.

앵커 B : 시민 B씨는 이꼴 저꼴 보기 싫다며 특히 앵커
　　　　A씨가 소개한 시민 A씨 같은 족속들이 구역질
　　　　이 나 견딜 수가 없다며 대문 옆에 세워둔 낡은
　　　　자전거 한 대를 확 차버렸습니다.
　　　　끄떡하면 격분하는 시민 B씨는 아무래도 무전
　　　　유죄라는 말을 터득하지 못했나 봅니다.

앵커 C : 부탄이라는 나라의 오지 마을에 첫 부임한 솜
　　　　털 보숭숭한 19세 선생님은 씻지 않는 아이들
　　　　을 위해 세수하는 법을 오전 교과목으로 채택
　　　　했다는군요.
　　　　수업 장소는 산 아래 시냇가인데요 말없이 풀

잘 뜯는 몇 마리 양이 옵서버로 참석한답니다.
가난과 무지가 확실히 우울한 전망이기는 하지
마는, 올여름 휴가를 부탄에서 보내겠다는 시
민 C씨에게 한 말씀 드립니다.
부탄의 한 오지 마을 특별한 풍경과 맞닥뜨리
거든 조심하십시오.
짙은 선글라스 낀 눈으로 모독하지 마십시오.

게으름에게 고告함

두통을 핑계 삼아
머리띠 질끈 동여매고는
바짓가랑이 말려 올라간 채로
골방 한구석에 아예 터를 잡고선
풀기 빠진 몸에서 뭐 그리 변변한 것이나
자랄 수 있겠느냐면서
일용할 양식조차 생산하지 않겠음을
공고히 하겠다니
그 뻔뻔함 하늘을 찌르겠다
누차 얘기했거니와
무심히 오고 가던 내게 말없이 손 내미는
짓만은 그만두기를
내 몸이 다소 부실해진 것도 사실이나
아직 뼈들은 구멍 하나 없이
바람을 잘 견디고 있으므로
당치않은 욕심은 거두기를 바란다
가끔은 어디에라도 빌붙어
마냥 늘어지고도 싶지만
그러나 쓰라리고 코끝 찡한 것들이 날마다

물가를 서성이고 있는데 어림없는 일
급하게 삼키다가 목에 걸린 가시들은
또 어쩌라고
그리고, 아주 오래 함구하던 것들이
무릎 깨져 돌아와 훌쩍거리며 문 두드리면
버선발로 뛰어나가야 하기도 하고
그러니 제발

오시는 길 map

　마음을 홀가분하게 비우시거나 아니면 마음을 꽉 채우시거나 그건 마음대로 선택하시고 출발하십시오 하지만 마음 밖에서 기웃거리는 곁가지들은 삐죽삐죽 드러나지 않게 잘 갈무리해 두시고 떠나십시오 가는 길 첩첩산중이라고 투정하지 마시고 맨발이 시리다고 종종걸음 하지 마시고, 한마디로 군소리는 금물이라는 것이지요.

　심봉사 눈 뜨듯이 화들짝 놀랄 것이 있느냐고 묻지도 마십시오 죽이 되든 밥이 되든 일단 찾아와 보시라는 것이지요 날이면 날마다 기름진 것 지글대던 석쇠나 닦고 있는 당신이 하도 딱해 보여 한마디 한다는 게 그만 두서없는 말이 되었습니다.

　여기는, 스스로 구하는 자들에게나 씹힌다는, 그것도 쓰디쓰게 아주 쓸쓸하게 씹힌다는 말의 알갱이들을 받아내려고, 당신이 무릎 꿇고 엎드렸던 앉은뱅이책상 앞 바로 그곳입니다 혹 오시는 길 잊으셨을까 봐 안내 드리는 거고요 정확한 위치는 첨부 파일을 열어 보십시오.

연애의 기억

앙상한 기억의 뼈에 살을 입히네
입김도 불어넣네

혼자서 돌아왔을 때
그는 먼저 돌아와
낡은 역사에서 나를 기다리네
헤어질 이유들이 숨을 죽이고
머뭇거리며 손을 잡았던 시간들이
발등만 내려다보며 흘러갔네

아무도 떠나지 않고 아무도 남아 있지 않았던
무수한 엇갈림의 그대들이 스쳐간
나이테 뭉크러진 긴 나무의자를
기억하네

필름은 끊어먹기를 반복하지만
지치지 않는 집요한 영사기 하나
가지고 있네
다만, 이 빌어먹을 놈의 장면들이 왜
무슨 무슨 영화와 닮아간다는 것이냐?

낙타의 집

사막 한가운데
낙타 새끼 한 마리와
우두커니 앉아 있는 나
그리고 어릿어릿한 슬픔의 기운과
방전된 배터리가 드러나 보이는
손전등 한 개와

손때 묻은 지도를 팽개친 어리석은
시간들이 돌아올 수 없는 곳으로
줄행랑친 후
숨을 곳을 샅샅이 열어
나를 가두는 곳
밤이면 쓸데없는 기억들이 날아와
저희끼리 쓸쓸해 하다가
곯아떨어지는 곳
누군가는 낙타 등에 실려
이곳을 가로질러 가기도 하지만
회오리의 전설이 두려운
낙타 새끼 한 마리 매여 있는 곳

당위성이 보이지 않는 여러 갈래의
길 위로도 별빛들 쏟아질지 모르니
어둠의 발목을 핑계 삼아
돌아보지 말 일
그리고 손전등의 배터리나 갈아 끼울 일

3 부

혁명 전

아버지의 수상한 발걸음이
아직 길을 못 내어 먼 자갈길을
숨죽이고 돌고 있을 무렵

힘차게 구른 그네가
쌩쌩 나아가다가
몰려드는 먹구름에 헛발질해
곤두박질쳤을 무렵

근사한 놈팽이 하나
헐레벌떡 삼일로 창고극장
오르고 있을 무렵

어느 해던가
올챙이 몇 마리 잡아다 놓고
그제야 수두로 누운 아이가
소리 내어 울지 않고 참아내던 무렵

고물고물하던 분노들이

햴쑥한 얼굴로 자라나
젖은 장작더미 아래서
기침 참아내며
쓴웃음을 모의할 무렵

틈

그늘이 깊어 눈치채기도 쉽지 않은 일
어쩌다 눈에 뜨이기라도 하면
모래, 물 비율 어긋난
불량 시멘트나마 덕지덕지 개칠하면서
그렇게 땜질 처방만이 유일하다고 여겨 온 것도 사실

눈먼 벌레도 기어들고 몸 불린 먼지도 눌러앉고
지독한 장마철에는 물살도 밀려들고
그러나 비 그친 정오가 되면
물기 털고 일어서는 풀들의 쏠림도
들리지 않겠느냐고 혹자는 말하지만,
숨통 꽉꽉 조이는 세상 그곳을 내보이는 일이
숨통 여는 일이라고도 말하지만

그냥 그곳의 존재를 묵인할 것
구멍 숭숭 뚫린 채로 벌거벗은 채로 놓아둘 것
절대로, 변변치 못한 한 뼘도 안 되는 기록을 기웃거
리지 말 것
어차피 그늘 깊으니 눈길도 가지 않는 척할 것

곰팡이 사史

누선이 막혀 앞길 캄캄한
눈물 한 섬
마르고 닳도록 들로 산으로
퍼 나르다가
그래도 아쉬워 한 줌은
남겨 놓았는데
그게 어쩌다 옷장 속에 숨어들더니
하필 때깔 좋은 블라우스 등판에
손도장 찍을 줄이야
그렇게 뒤끝 있을 줄이야

사랑 학습 1

그저 막막함이라고만 말하겠다
그저 불면증에 시달리는 것뿐이라고만 말하겠다
내게 길이 없음을 말했을 때
막막함 혹은 불면증의 그대들이 앞다투어
뜬눈으로 길을 열어 주었다
이제 한달음에 갈 수도 있겠다
아무에게도 들키지 않고 그곳에
몸을 오그려뜨리고 눈도 감으면
등잔불 심지도 돋우지 못하는
대책 없음이여, 완벽하다

사랑 학습 2

아주 오래된 연모의 그림자들이
이정표도 길을 놓는 길을 헤집어 빚어낸

가랑가랑 비 오는 저녁의
굽은 어깨에 돋는 한기 같은

아이들 돌아간 공터
허물어진 목책木柵 등허리를 기어오르던
능소화 이마에 번지는 식은땀 같은

어둠의 은밀함으로 가닥을 내어 짠
가늠할 수 없는 목청의 그물이
길어 올리는 변주곡 같은

폐선에 잡혀 있는 외로움들은
되려, 익숙해진 외로움만이 걱정이라는데
누가 퍼내다 버리는 고것들이
내 손목을 나꿔채며 팔랑대는 것인지는

그럴 때

스님의 장광설도 귀를 뚫지 못하는
파계사의 오후
가수(假睡)에 잠겨 있던 불도화 꽃잎들이
풍경 소리에 화들짝 놀라 내려앉는다
떼 지어 일어나는 불가항력의 착지
아찔하고 눈부시다
혼미의 식은땀을
사뿐사뿐 씻어내는 고요

점심 공양도 마뜩찮았던 내가 왜
자꾸 배가 부르지?
꽃잎들을 겨누었던 망원렌즈도 졸고 있고
대웅전 부처님이야 늘 그 자리에 계시건만
이 고요함이 왜 버거운지 모르겠다
어디서 오는지도 모르겠다
지금은 우선 신발이나 벗어야 할 때

주우러 가자

주우러 가자 새벽빛 물든 덕지 마을로
사락사락 내려앉는 감꽃들 담으러 가자
양재천 영동3교 바람난 패랭이꽃들
흔들어 주러 가자
낮술로 허기 채운 망초꽃들이
훠이훠이 아무나 잡고 허리춤 추는
탄천 둔덕에 가자

몽당연필로 침 발라 익힌 교훈들이
말짱 헛것이어서만이 아니라
손가락 사이로 순식간에 빠져나간
너의 가벼움 때문만이 아니라
토막난 기억 하나 손질하기가
지겨워서만이 아니라
환전소 지나 두 번째 골목 끄트머리에
이런 벽보가 붙어 있어서만이 아니라
이런 벽보: 미인촌(늘씬한 미녀 24시간 대기 과부촌 바로 옆)

당신이 아직 아홉 살이면 공주군 탄천면 덕지 마을로
감꽃 주우러 가자

과민성의 아침

배를 움켜쥐고 슬리퍼 질질 끌며 집을 나섰지만
이른 아침 약국의 셔터는 콘크리트 벽 속에 갇혀 있다
부지런한 작은 잎사귀들이 물방울 굴리며 깔깔거려 보
지만
휴일 아침은 청각장애를 일으켰는지 깨어나지 않고

겁도 없는 비둘기 한 마리 부스스한 얼굴로
무단횡단을 한다

삼 년 만의 종합검진에서 '철분결핍성빈혈' 판정을 받
고
그리고 결핍을 쫓아내기 위해 하루 아홉 알씩
약을 삼켜 왔는데 어젯밤부터 소화기관은 뒤틀리기 시
작했다

문을 연 약국을 찾아
비둘기가 여유 있게 지나간 길로
움켜쥔 배를 놓고 뛰기 시작하자
내 온몸은 비로소 빈혈을 감지한다
교통사고 염려성 빈혈을,

침묵 깨우기

한낮의 무료함에서 빠져나오려는 발버둥의 시작 늘 새롭게 심장 뛰게 하던 샘 셰퍼드도 오늘 비디오엔 엔간히 지쳐 있다 차라리 사랑도 배신도 모르는 창밖 풍경이나 바라보겠다 고도로 절제된 분장을 한 나무와 벤치들 납덩이처럼 웅크린 채 방치돼 있다 다만 도전자처럼 무채색의 적막만이 눈을 부릅뜬 채로,

말라붙은 물감과 캔버스를 챙겨 나 지금 창을 넘겠다 그리고 단숨에 달려올 그를 위해 잊혀진 길목 반듯하게 펼쳐 비질해 놓고 채도 잃어가는 물감 진하디진하게 풀어 봄강처럼 흐르게 하고 함구하는 모든 것 불러들여 무릎 꿇게 하고 그리고 아직 아무에게도 들키지 않은 내 얘기들을 놓아 주어야지

저녁 오는 소리

바람은 바람의 말로 사람의 마을을
흔들고 가네
나무의 말들은 잎새 접고 있는 자귀나무 가지 위에
조곤조곤 떨어지네
세상의 그늘들은 그늘을 덧대 어둠이
누울 자리를 만드네
누군가는 경건한 의식 같은 하품을 끝내고
창문을 닫아거네

멀리 침묵처럼 닫히는 수평선

땅거미 지는 마을에 도착해서야
마음놓고 달맞이꽃을 피워내는
저녁 전령
두드려 보지도 않고 건너던 돌다리에 빠져
허우적거리던 맨발
그 시린 발을 데리고
그가 돌아오는 소리

어둠의 혓바닥

매몰돼 버린 송전탑 그 자리에
녹슨 고철의 휘파람 소리 들려온다
잃을 것 다 잃어
더 빼앗길 것도 없이
등 구부리고 앉아 타오르지 못한
무연無緣의 역사를 허물고 있다
매연 속으로 떨어지는 눈물비
겨울 가뭄에 독 오른 풀씨들,
눈물비 속에서 눈물 흘릴 때까지는
빛바랜 소리들이 오히려 자유롭게
공중을 뚫는 철든 밤이
올 때까지는
아직 먼먼 지금은
수신되지 못한 그대 가슴속 불빛들만
송전탑 흔들던 바람에 갇혀
컹컹 울부짖기 시작하는 지금은
서툰 어둠의 혓바닥 내려와
해진 무릎으로 기어드는
슬픔을 핥아낸다

닳아빠진 신발로는

돌아와야 했다
통로는 여전히 막혀 있었고
길어진 하루에 느긋해 있던
빛의 새끼들이 놀라
첨벙첨벙 어둠 속으로 뛰어내리는 시간
이제 비상구는 완벽하게
제 몸 감추고
그림자도 내어주지 않을 것이다
갈 수 있는 끝까지 갔다가
지쳐 돌아오던 바람은
텅 빈 놀이터 몇 바퀴 돌고 나서야
내 피로한 어깨에
아카시아 향기를 덜어 주었다
장마처럼 내리던 어젯밤 폭우로
부실했던 꽃잎들이
고인 빗물에 실족해
닳아빠진 신발처럼 떠다닌다
오늘도 하루치의 경계선까지만
갔다가 돌아와야 했다

닳아빠진 신발로는
아무래도 무리였다
비상구도 보이지 않고

먼지의 말

여름이 시작되면서부터 우리는
그 애의 춘추복 상의 어깨 위에 앉아 있었다
그 옷은 하필 옷장 오른쪽 맨 구석으로
걸려 있어서 간혹 문이 열리더라도 밖을 전혀
엿볼 수가 없었다
비라도 오는 것 같은 날은 몸이 찌뿌듯하고
숨이 턱턱 막혀 왔지만
볕 좋은 날을 골라 그 애 엄마는
옷장 문을 활짝 열어 놓기도 했다
우리에게 신선한 공기의 존재가 어울리기나
하는 것인지,
어쨌든 몇몇은 새로 맛본 공기에 취해
옷이 흔들리는 기회를 틈타 밖으로
탈출하기도 했다 더러는 문틈에 끼어
옴짝달싹 못한 채 안과 밖을 훑는
눈치꾸러기가 되기도 하고
가을이 오자 그 애 엄마는 백합 세탁소
꺽다리 총각에게 옷들을 맡겼고 우리는
칠흑 같은 대형 클리너 통 속에서

사정없이 매질을 당했다
얼마 후 우리가 모두 무릎 꿇고 클리너가
열렸을 때 마치 진공 상태처럼 가벼워진
그 애 옷은 푸른 가을 속으로 훨훨
날아가는 것이었다
같이 맡겨진 그 애 아버지의 낡은 상의는
비닐 덮개에 싸여 여전히 말이 없었고

드라이플라워

한때는 불이었지요
그리고 바람이기도 했고요
부정기적으로 올려지던 고난도의 몸짓은
눈부시기도 했답니다
그런데 언제부터 내가
박제되어 우두커니 서 있을까요
심한 탈수증으로
맥박도 호흡도 놓쳐버리고는
늘 경계하던 매너리즘의 끈을
당겨보았으나 그것조차 외면하더군요.
그래도 배냇웃음과 체취만은
또렷이 살아있답니다
물 한 모금 남아 있지 않아
곰팡이도 거세당한 황톳빛 옹기의 감옥에서
아직 내가 꽃일 수 있다니
얼마나 다행인지요
이젠 갈증도 거의 잊었습니다
하긴 물가에 살던 시절에도
날마다 목이 탔었지요

오로지 욕망의 뿌리만
키우고 있었을까요?
부스러지지 않을 만큼만
더 감량하려고요
뼛속의 수액을 마저 뽑아서라도
향을 깁고 싶어요
물론 해탈인지 뭔지는 내게
가당치도 않은 단어지요
가당치도 않은

낯선 평화

바지랑대 서너 개 세워야 할 만큼 위태해진 그와의 거리
서로 외면한 채 마주앉아 있다가 뒤돌아보지 않고 커
피숍을 나와 동아극장 앞에서 혹시나 하는 마음으로 극
장표 두 장을 사고는 한참을 서 있었지

극장을 나와 강남역을 향해 걷고 있었는데 후드득 후드
득 갑자기 비가 쏟아지기 시작했어 사람들 뛰어 간판 밑
으로 지하도로, 난 알파문구 입구 계단에서 비를 피했지
주머니에 손 넣어 소용없어진 극장표 한 장을 구기고
있다가 무심코 차도를 바라보았더니, 빗방울에 튕겨 차
선은 도망치고 차들이 속도를 늦추고 흘러가고 있더군
길을 잃고 나서야 스스로 불 밝힌 차들을 따라 나도 내
안으로 걸어 들어갔지

다시 만나게 될 사람이라 해도 오늘 헤어진 건 오히려
잘된 일이란 생각이 들었어 아무것 아닌 싸움으로 이미
끊어질 듯 걸려 있는 믿음마저 툭툭 건드려 보는 짓거리
그만 할래 나도 오늘만큼은 물처럼 흐르고 싶어 집에 돌
아가자마자 쓰러져 잘 수도 있을 것 같은 낯선 평화가

78

낯익은 햇빛 몸 감춘 거리에 순간 그렇게 당도하더군,
그렇게

뼈의 가벼움

탄력 잃은 몸의 뼈들을 걸치고
새벽 강을 건넌 적이 있다
어떻게 비틀거리지 않고
양손에 나눠 쥐고 있던 신발 한 짝
떨어뜨리지 않고
물살을 가로질렀는지 기억할 수가 없다
쫓기던 새벽의 모진 강바람을
지금껏 증오하지만
그 강의 물살에 대해서는
아무 말도,
수척해진 뼈에 석회질만 가라앉고
마디마디 골절이 올 때까지
부러진 지팡이 하나
마련하지 못했으나
그 새벽 강을 건넜을 땐
세상에서 제일 홀가분한 새가 되어
뼈들은 어깨에
가벼이 얹혀 있었다

4 부

상처에 대한 예의

운동화 끈을 단단히 조였다고는 하지만
까마득히 멀어진 그대 앞에
도달할 수는 없지요
지는 해를 한동안 바라보다가
산책을 끝낸 듯
돌아오는 것뿐입니다

상처는 깊고 단단하여
아무도 눈치챌 수 없습니다

내성도 생기지 않을
이런 류類의 상처는 빨리 꿰매고
봉합하는 게 상책이겠지만
어떻게 그러겠어요?
아슬아슬하게 이어 왔던 그와의
줄다리기에서 나는 완패했고,
피 흘리면서 얻은 전리품은
이것뿐인데요

이 대단한 상처 길이길이 모셔두고
눈물 빼먹을 겁니다
흔하디흔하다고 식상해 하지 마십시오
그게 실패한 전쟁에 대한
예의라고 생각해 주십시오

봄비 오는 거리

물이 오른 나무마다
목이 탄다고 엄살이니
물이 오른 꽃잎들까지
가슴이 탄다고 아우성이니
봄비는 엉겁결에 뛰어내리는 수밖에
기상대의 예보를 무시할 수밖에

우산도 없이 터덜거리다가
길 건너 공중전화 부스에 들어가서는
더 젖을 게 없다는 듯
봄비의 시선을 닫아버리는 저 사내
저 사내처럼 봄비가 버거운
횡단보도 바로 옆 포장마차 아저씨는
이미 망친 장사를 접을까 말까,
샛노란 꽃 흐드러진 산수유를 비껴서
먹장하늘만 올려다보는 중

비에 갇혀 있던
등마루 연립 쌍둥이 엄마가

두부 한 모 사려고 롯데마트에 들렀을 때,
602번 버스에서 내린 몇몇 사람은
오르막 보건소 길을 무심히 지나
각자의 골목으로 흩어지고

점심을 거르며
건성건성 뛰어내리던
봄비는 지금
비릿한 봄기운의 농도를
잘 맞추어 가며
봄꽃들의 완벽한 한때를 위해
천지사방을 말갛게 씻어 내리는 중

동백숲의 봄

나오는 사람과 나무: 외지인, 동백나무
무대: 여수 앞바다 오동도(한적한 곳에 있는 작은 동백숲)
때: 이른 봄

언뜻 보기엔 동백숲, 하늘, 바다가 잘 조화를 이루고 있는 듯하나 흐린 날씨 탓에 하늘과 바다의 경계가 모호하고 동백꽃의 붉은 기운에 질린 바다는 평소보다 한 뼘이나 더 뒤로 물러가 있다.

외지인: 절경을 보려고 한걸음에 달려왔더니
　　　　절정은 벌써 절단이 나버렸네
　　　　단호하게, 스스로 꽃들은 목 베고 있네
　　　　뚝뚝 지고 있네
　　　　붉은 꽃들과 붉은 꽃들이 발밑에 떨어지는 소리
　　　　흩어지는 소리 그리고
　　　　겨우내 꾸부정해진 해풍의 등에 업혀가는 소리
　　　　꽃이 꽃이라 불리던 마법의 시간이
　　　　풀려가는 소리

동백나무: 해풍과 폭설을 동무 삼아 웬수 삼아
　　　　인적 끊어진 적막의 시간을 견디며
　　　　붉고 화려한 마법이 걸리기까지
　　　　얼마나 많은 시간이 걸렸는지요!

　　　　마법 속으로 빠져들겠다는 내 주문은
　　　　눈 속에서도 단단하였거니와
　　　　길이 끊겨 손 없으니 손 타는 일 없었으니
　　　　지천으로 달아 놓은 꽃봉오리들은 저절로
　　　　겨울 내내 단속되었지요

　　　　마침내 이른 봄물이 차올라
　　　　싱숭생숭 꾀병 앓던 꽃봉오리들이
　　　　뛰쳐나오려고 하자
　　　　나는 가슴을 활짝 열고
　　　　젖 먹던 힘을 다하여 붉은 꽃잎들을
　　　　토해 내었던 것이었지요

　　　　그러나 마법은 그리 오래가지 않는 법

겨우 두 달여를 누리는 동안
억센 손들이 몰려와
황홀이니 슬픔이니 자기 잣대로
휘젓고 다니며 숲의 온몸을 흔들어대었고
꼿꼿하던 꽃모가지들은
차츰 기운이 빠지기 시작했지요.
그러나 속수무책으로 날밤을 새우다가
제 갈 길 떠나라고, 아직 입성들 괜찮으니
그리 초라하지는 않은 결별이 될 거라며
용기 내어 꽃들을 밀어내고 있었지요
이때 당신이 도착한 것이지요
당신!
우리의 꽃들을 기꺼이 배웅하실 테지요?

외지인: 꽃송이들 자결하듯 목이 부러지는 시간
축 처진 어깨를 감추려 아직도
겨울 옷을 못 벗은 자들이
동백숲 뒤쪽으로 가네
그곳에 동네로 가는 지름길이 있는지

붉은빛들이 슬픔처럼 쏟아지고 있는
이곳을 멀뚱하게 쳐다보고는
무심한 표정으로 가네
마법은 주문을 간절히 외는 자에게만 걸리는 법
가슴이 몹시 시린 자들에게만
붉은 꽃들을 가득 품도록 허용되듯이

마법 풀린 꽃들이여, 안녕!
이제 나도 소용없어진 마법의 옷을
벗어 버리겠네
이제 다시 바닷바람이 실어온
팍팍한 세상의 저녁에 들어야 하네

사랑

　신문들이야 볕 안 드는 골방에 쌓아두면 되는 것이고 맨날 그렇고 그런 지지고 볶는 사연쯤이야 자기들끼리 북 치고 장구 치고 하라지 뭐

　좁은 거실 딱 차지하고는 쑥쑥 자란 뒤 어떻게 하겠다는 것인지 모를 행운목도 어느 날 베란다 한쪽으로 치워버리고

　그동안 부리던 모든 것 손 놓아 버리겠네

　이제는 내가 갇히고 말겠네

　주고 또 주기만 하는 어거지 사랑 나 그거 포기하겠네

　내 타고난 이기심이나 탱탱하게 키우고 그동안 한풀 꺾인 냉정함이나 날 세워 갈고 그리고 아무라도 미운 사람은 거침없이 미워하겠네 주먹다짐도 서슴지 않겠네 한없이 늘어지고 싶은 오후엔 맨다리 내어놓고 해질녘까지 퍼질러 자겠네

　그래도 어느 날 사랑이 어른거리면 '떡 하나 주면 안 잡아먹지' 되뇌이겠네

내 5월 허공

순도 높은 푸르름이 푹 베어물어도 묵묵부답
까슬까슬하게 잘 자라고 있는 소나무 잎들이
꾹꾹 찔러보아도 맨숭맨숭
담장을 뒤덮은 줄장미 붉은 꽃들이
쉬지 않고 흔들어대도 요지부동

한때는 악을 쓰며 내질렀던 내 소리도
내 발길질도 꿀꺽 먹어줬던 허공
그러니 수선스럽기 짝이 없는 이 계절도
소리 없이 뭉텅뭉텅 먹어주는구나
그러나 허공이 밤마다 운다는 것을
한낮의 푸른빛에 쏘인 맨발이 쓰려
운다는 것을
새벽마다 몸 젖는 작은 풀잎들이
발설 못 할 것도 없지만,
그런 것은 침묵하는 게 미덕이라고
허공의 허공인 하늘이 이르기를,

무창포에서

일몰을 찍겠다고 서둘고 있지만
그의 곱은 손은 렌즈를
자꾸만 떨어뜨리고
방파제 후려치며 놀던 바람
얼얼해진 손바닥 쓱쓱 비비며
무어라 웅얼거린다
왁자지껄 일어서던 낚시꾼들
힐끗 먼바다 눈길 주다가
수평선만 집어 제자리에 놓아 준다

뚜벅뚜벅 저녁을 나르던 손목시계가
갑자기 허둥대기 시작하고
그의 렌즈, 수평선에 당도한 해와
비밀스런 눈맞춤을 잘 치러냈는지
말없이 닫히고 있다

유난히 추위를 타는 민박집들은
벌써 문을 걸고 기척도 없는데
축 늘어진 점퍼 속을

빳빳하게 깃 세운 바람이
흔들어댄다
길을 묻기 위해 들어선 이곳에서
길을 물을 수 없다
그 무엇들은 얼마나
까마득한가
바다는 어둠의 물꼬를 터서
늘 취해 비틀거리는
무창횟집 처마를 덮어주었다

젖어가는 풍경

용왕산 골짜기 때죽나무 흰 꽃들이 운다
아직 종소리를 내기엔 이르다고 말했지만
막무가내 타종하러 온 비바람이 무서워 운다
오늘 저녁 용왕산 자락에 종소리가 퍼지면
그건 종소리가 아니다
아슬아슬 매달린 때죽나무 흰 꽃들의
울음소리다

저녁 예배 끝낸,
성문교회 신도들이 돌아갈 무렵
용왕산 아파트 경비 아저씨는 졸고
골짜기 어둠까지 쳐들어온 작은 놀이터
빗소리에 숨어 몸을 씻는다
아이들이 부려 놓은 노래와 웃음소리
그네에 걸쳐두고
아이들이 묻혀 놓은 눈물 콧물만을
닦아낸다

바람은 잦아들었으나

비는 계속 내리고
세상의 끝이며 시작인 그곳으로
한 남자가 가고 있다
발목 젖는 게 두려워 늑장을 피우던
남자가 비틀거리며 가고 있다

안양천에서

수마를 견뎌내고 풀숲을 이루어낸
띠들의 등줄기를 시원하게 적셔주던
한 떼의 소나기도 물러가고
다리 밑 벤치에서 옹색하게 한잠 자던
때 절은 반바지의 사내도 비척비척
목동교를 건너 양평동으로 사라지고
마침내 천변 가로등이 켜질 무렵,
안양천 하구는 마음놓고 깊어지네
누구의 시선도 거두어지는 시간
낮게 낮게 몸을 눕히네

풀숲을 지나 물가를 거닐던 나도
이때쯤엔 가만히 엎드려 손을 적셔야 하네
깊어진 물길을 낮은 시력으로
훑어낼 용기가 없으니
손만 가만히 적셔야 하네

그의 닫힌 문을 열 수 있는 묘안은
없네 어디에도
내가 천천히 부용화 지는 둑길을 넘는 동안
그의 문에 걸린 빗장은 더 조여질 것이네

외로움을 읽다

방학이 되자 아이들은 고개 넘어 동네로 흩어지고
학교 옆에는 관사로 불리던 우리 집 한 채뿐

텅 빈 교정 넓은 운동장엔 무성하게 잡풀만 자라고
혼자서 하는 공기놀이에 지친 나는 그때,
어둡고 눅눅한 교실에서 만들어진 적막의 알갱이들이
깨진 창문으로 빠져나오는 걸 보았다
소리 없이 빠져나온 그것들은 전방위로 햇살이
내리꽂히는 운동장을 떠돌다가 천천히 가라앉는 것이
었는데

매미도 울어대고 사마귀와 여치도 동무하자 했으나
나는 그것들을 묵살했고 집에서 기다리는 동생도
잊은 채 학교 안을 촘촘하게 채워 가는
그 입자 고운 알갱이들이 타전하는 부호들을
더듬더듬 읽어내기 시작했다

바람의 집

그 집에는 별의별 것들이
제멋대로 드나들지
부끄러움이나 슬픔 아픔 그리고 그리움
외로움 따위 등 흔하디흔해서 발길에 툭툭 차이는
그런 것들이 호들갑을 떨면서 온갖 헤진 옷으로
치장을 하고는 수시로 드나들지
마구 날뛰다가 주저앉는 것들
처음부터 아무 말 없는 것들
병약病弱이 자랑이라고 죽는 시늉만 하는 것들,
부르지 않았으니 잡지도 못하는 법
쫓지도 않으니 죽치는 놈도 있기 마련
죽치는 놈중에서
그중에서, 어떤 것들은
세월의 주름을 흙벽에 덧바르며
새 떼처럼 사라진 한때를
추억하기도 하지 그럴 때면
사금파리 감춰 놓은 장독 뒤켠으로
소리 없이 담 넘어온
자운영밭 꽃물결이 붉게
아주 더디게 당도하기도 하지

양수리를 지나며

무리지어 한창인 산국들
그때가 시월이었다고 단정할 수는 없지만
외로움의 무게만으로도 이때가 틀림없다며
혼자서 몰래 어깃장 놓는 지금
차는 달리고 강물이 자꾸만 기웃거려
길을 막는 길

서로 기대었던 등이 강물 흐르듯 풀어져
풀썩 주저앉았던 거기가
저 쭉정이 밤 뒹구는 저기인가?
서로를 조롱하느라 보낸 시간조차
까마득하기만 한데
왜 또 폐기된 한때를,
양수리 지나 서정리 들어서도록
주물럭거리고 있는지

'기와집 순두부'에 들러 점심이나 먹고
공짜로 싸간다는 콩비지나 한 움큼
비닐봉지에 찔러 넣으면
슬금슬금 뒷걸음이나 치다 사라질
신파조로 구불대는 양수리길

개망초를 만나다

강길을 걷는 내내
너는 내게 잡혀 있다
등에 얹힌 바람이 훼방을 놓았으나
나는 너를 단단히 잡고 있다
철교 건너 저물녘으로 가는 기차도
너를 싣고 가지는 못한다

갑자기 캄캄해지고
천둥이 치기 시작했을 때
비가 쏟아지고 돌아가는 길이
까마득해졌을 때
허둥대고 있던 발목에
네가 채였다

어제도 그제도 만난 적 없는 네가
빗줄기 굵어지는 강길에서
오래 묵혀둔 할머니의
광목 적삼이라도 입은 듯이
눅눅하면서도 편안하게

가슴에 들어와 주다니,
작은 가지들은 심하게 흔들렸으나
붉은 기운으로 절창을 지르고 있던
능소화보다도 더 환한 얼굴이라니,

후드득

비, 후드득
꽃잎들, 후드득
슬픔 저도 덩달아 후드득

비 내리는 삼거리 주유소
오색 깃발들은 발끝까지 젖어 울고
깃발 아래 벚나무 한 그루
꽃잎들 아낌없이 풀어서라도
궂은 비 막아 보겠다고 나섰는데,
세상에 부질없는 한 역사가
부질없이 흩어지고 있다

괜스레 나는
거칠고 주름진 손등을
흐려진 눈으로 닦아보다가
조금만 울기로 했다
세월이 부려 놓은
등창의 몸부림에 기대
그러기로 했다

고요함의 지수

그 깊이를 알아내려고
억새들 가랑이를 비집고
촘촘히 내리꽂히는 햇빛들
그 넓이를 가늠해 보려고
억새밭 가로지르며 촉각을
곤두세우는 바람의 더듬이들
그 두께를 어림해 보려고
쭈그려 앉아 눈을 감아보는 나

이 계절이 다 가도록 고요함의 지수는
계산할 수 없겠다
척尺이라고는 통 모르는 내가
몇 가닥의 햇빛과 몇 자락의 바람으로
고요의 허리춤을 감히 건드릴 수는 없는 일
목책木柵 귀퉁이에 걸린 아슬아슬한 거미줄도
소리 없이 통과하는 그 무량함에
대적할 수는 없는 일
언감생심, 우선 어깃장이나 놓고 보자는
놀부 심보라면 몰라도

간이역

한낮에도 내내 어두컴컴했던, 막다른 골목길 이끼 낀 담벼락에서 쏟아지던 저물녘의 비루함 같은 폐가처럼 조용하던 외딴집 문간방에서 흘러나오는 불빛 따라 숨 죽여 흔들리던 맨드라미 꽃잎들의 외로움 같은

누구는 이곳에서 만남과 헤어짐을 한꺼번에 목격하는 재미가 쏠쏠하다지만 이별만을 목전에 둔 뻐딱한 자들에게는 참을 수 없는 모독이려니

비루함과 외로움과 넌덜머리가 나게 닳아빠진 지금에 와서는 결코 사랑이라고 호명할 수 없는 것들을 버려두고 차표에 찍힌 시간만을 기다리네 한 가지만이 허락되는 거룩한 장소에서 오로지 나만을 싣고 갈 이별을 기다리네

두 마리 개가 있는 풍경

하늘 밑 세상은 늘 근사하기도 하지
오늘 또한 지독히도 오늘다웠기 때문에 완벽했지
쓸쓸함의 장치로 두 마리 개를 풀어 놓은 건
정말 잘한 일이야

갠지스의 소년 뱃사공 산딥은 동료 뱃사공 어른들한테
서 손님들 호객 문제로 혼쭐이 나고
침울해진 산딥은 시멘트 벤치에서 멍하니 앉아 있다가
그만 잠이 들고
잠자느라 하루를 공쳤다고 산딥은 아버지한테서 된통
얻어맞고
얻어맞은 산딥은 사람들 없는 저쪽 강가 모래밭에 퍼
질러 앉아서 목 놓아 울고 있었는데
거기에 위로하려는 듯 슬픔을 배가시키려는 듯
하루종일 바라나시를 헤매고 다녔을 앙상하게 뼈가 드
러난 두 마리 개를 갖다 놓으신 것도
신의 뜻인가요?
한 마리는 산딥 옆에 앉아 있고
또 한 마리는 주변을 서성거리고 있었는데 말이에요

경쾌한 말의 맛과 '정중동靜中動의 시학詩學'

권 온(문학평론가)

1.

충남 공주에서 출생한 정영운 시인은 1994년 등단한 이후 첫 시집『나와 그의 거리에 대하여』(1997)를 상재한 바 있다. 시력詩歷 20년을 넘어서는 이 중견 시인이 최근 두 번째 시집『단청 피는 여자』(2015)를 발간했다. 이 시집을 읽는 독자들은 정영운이 적잖은 시간 동안 인고와 숙성의 과정을 거쳤음을 간파할 것이다. 시인이 꾹꾹 눌러쓴 알찬 시편詩篇은 그녀의 삶과 다른 말이 아닐 테다. 이제 정영운의 시를 읽으며 당신과 나의 삶을 되돌아볼 차례이다.

2.

주우러 가자 새벽빛 물든 덕지 마을로
사락사락 내려앉는 감꽃들 담으러 가자

양재천 영동3교 바람난 패랭이꽃들
흔들어 주러 가자
낮술로 허기 채운 망초꽃들이
휘이휘이 아무나 잡고 허리춤 추는
탄천 둔덕에 가자

몽당연필로 침 발라 익힌 교훈들이
말짱 헛것이어서만이 아니라
손가락 사이로 순식간에 빠져나간
너의 가벼움 때문만이 아니라
토막난 기억 하나 손질하기가
지겨워서만이 아니라
환전소 지나 두 번째 골목 끄트머리에
이런 벽보가 붙어 있어서만이 아니라
이런 벽보: 미인촌(늘씬한 미녀 24시간 대기 과부촌 바로 옆)

당신이 아직 아홉 살이면 공주군 탄천면 덕지 마을로 감
꽃 주우러 가자

―「주우러 가자」 전문

이 시는 정영운 시인의 '과거'와 '현재'가 나란히 병행
하는 매력적인 작품이다. '공주군 탄천면 덕지 마을'은
시인의 고향으로서 '과거'의 한때를 대변하고, '양재천 영
동3교'는 그녀의 '현재'와 관련되는 공간이다. 이 시의 개
성은 '과거'와 '현재'를 향하는 시인의 태도가 유사하다는

사실과 무관하지 않다.

시인은 먼저 우리에게 "새벽빛 물든 덕지 마을로/ 사락사락 내려앉은 감꽃들 담으러 가자" 또는 "공주군 탄천면 덕지 마을로 감꽃 주우러 가자"고 제안한다. '덕지 마을'은 정영운의 유년이 전개되었던 '기억' 속의 장소이다. 그녀는 또한 독자에게 "양재천 영동3교 바람난 패랭이꽃들/ 흔들어 주러 가자/ 낮술로 허기 채운 망초꽃들이/ 휘이휘이 아무나 잡고 허리춤 추는/ 탄천 둔덕에 가자"고 권유한다. '양재천 영동3교' 근방은 시인의 일상생활이 전개되는 장소이다. 과거의 '감꽃들'이나 현재의 '패랭이꽃들'을 대하는 정영운의 자세는 대동소이하다.

수십 년의 세월이 흘렀음에도 불구하고, 시인이 바라보는 '너' 또는 '당신'은 '아직 아홉 살'에 머물러 있다. 아니 정영운 시인은 여전히 '아직 아홉 살'에 머물러 있기를 바란다. 순수와 순결의 시공時空을 지키려는 그녀의 단호한 언어가 아름답다.

> 아득한 것들은 내버려두면 되었다
> 그것을 향해 손을 뻗치지도 말고
> 깨금발을 딛지도 말고
>
> 까치밥으로 남겨놓은 감들을 올려다보며
> 가끔 아득한 척도 해보자
> 손에 잡힐 듯 눈앞에서 흔들리고 있지만
> 까마득하게 바라보자

뜬소문이라고만 믿었던 아버지의 스캔들이
육하六何원칙을 맹신했던 동생의 집요함으로
탄로 났을 때, 한없이 무심하기만 했던
아버지의 마음속 아득한 곳에서 얄궂게
몸 사리고 있을 거라고 믿었던 손톱만큼의
가족애마저도 박살이 나고 말았으니

한번 봉인된 사연은
그대로 두어야 했다
얼굴 들이밀어서 될 일이 아니다
아득한 하늘 그 하늘바래기로
떠 있는 감알들아, 아득하거라
하늘바래기인지 까치밥인지 증거하지 말고
그저 아득하거라

— 「아득한 것을 위하여」 전문

형용사 '아득하다'는 "보이는 것이나 들리는 것이 희미
하고 매우 멀다" 또는 "까마득히 오래되다" 등의 사전적
의미를 갖는다. 일반적으로 우리는 어떤 대상에 시간적
이거나 공간적으로 상당한 거리감을 느낄 때 '아득하다'
는 표현을 사용한다.

이 시에서 시인이 바라보는 사물은 늦가을 까치밥으로
남겨놓은 감나무에 매달린 '감(알)들'이다. 감(알)들을 올
려다보며 정영운이 제안하는 바는 간단하다. "그것을 향

해 손을 뻗치지도 말고/ 깨금발을 딛지도 말고" "가끔 아득한 척도 해보자" "까마득하게 바라보자"는 것. 감(알)들은 "손에 잡힐 듯 눈 앞에서 흔들리고 있지만", 그녀는 다만 "(그저) 아득하거라"라는 주문 아닌 주문呪文을 외울 뿐이다.

정영운 시인이 '아득한 것'에 집착하게 된 까닭은 '아버지'와 관련된다. '육하원칙'이라는 객관성을 추구하는 동생의 집요함으로 '아버지'는 돌이킬 수 없는 나락으로 떨어졌다. '아버지의 마음속 아득한 곳' 어디에도 '손톱만큼의 가족애'가 남아있지 않았다는 진실이 드러났기 때문이다.

정영운 시인은 우리에게 때로는 묻어두어야 할 이야기가 있음을, 봉인되어야 할 사연이 존재함을 역설한다. 그녀가 '감(알)들'을 바라보면서 독자들에게 건네는 발언인 "하늘바래기인지 까치밥인지 증거하지 말고/ 그저 아득하거라"가 은은한 울림으로 다가온다. 시인의 이러한 시적 어법을 '정중동靜中動의 시학詩學'으로 규정할 수 있을 것이다.

아버지 허리병 도져 입원하던 날
하늘 끝 한번 바라봤지요
하늘 끝 세상 끝, 말이 그렇지
아무리 그런 게 끝이 있겠나 싶더라고요
내 옹색한 몸에 갇힌 쓸쓸함도

끝이 분명치 않은데 하물며

가로수 은행나무들
때 놓쳐 못 떨어진 은행 몇 알씩을 품고
내친김에 겨울 끝까지 버텨보겠다지만
계절이란 것도 원체가
빗금 치고 바뀌는 게 아니어서요
그래도 숨통은 트여야 하는 거니까
고통만큼은 분명 끝이 있을 거라며
휘적휘적 돌아서는데
움츠린 어깨 뒤를 자꾸 파고들대요
건초 같은 아버지 허리뼈
주저앉는 소리가

— 「아버지」 전문

정영운은 앞의 시에서 '아득한 것'으로서의 '아버지'를
제시한 바 있다. 누구에게나 언젠가 아버지는 가닿을 수
없는 아련한 대상이 될 테고, 이 시에는 스러져가는 아
버지를 향한 딸의 안타까운 심경이 가득하다.

아버지가 입원하던 날, "아버지의 허리뼈/ 주저앉는
소리"를 들으며 시의 화자 '나'가 바라본 것은 '하늘 끝'
또는 '세상 끝'이었다. 시인이 선택한 명사 '끝'이 가리키
는 조마조마함과 아슬아슬함은 예고된 '천붕天崩'의 상황
과 더할 나위 없이 어울린다. 병든 아버지를 위해 '나'가
할 수 있는 일은 그가 겪을 고통의 끝을 상상하는 일뿐

이다. 이는 죽어가는 부모를 가진 모든 자식의 숙명이기도 하다.

신문들이야 볕 안 드는 골방에 쌓아두면 되는 것이고 맨날 그렇고 그런 지지고 볶는 사연쯤이야 자기들끼리 북 치고 장구 치고 하라지 뭐

좁은 거실 딱 차지하고는 쑥쑥 자란 뒤 어떻게 하겠다는 것인지 모를 행운목도 어느 날 베란다 한쪽으로 치워버리고 그동안 부리던 모든 것 손 놓아 버리겠네

이제는 내가 갇히고 말겠네

주고 또 주기만 하는 어거지 사랑 나 그거 포기하겠네

내 타고난 이기심이나 탱탱하게 키우고 그동안 한풀 꺾인 냉정함이나 날 세워 갈고 그리고 아무라도 미운 사람은 거침없이 미워하겠네 주먹다짐도 서슴지 않겠네 한없이 늘어지고 싶은 오후엔 맨다리 내어놓고 해질녘까지 퍼질러 자겠네

그래도 어느 날 사랑이 어른거리면 '떡 하나 주면 안 잡아먹지' 되뇌이겠네

—「사랑」 전문

'사랑'이라는 테마는 동서고금을 막론한 다수의 예술가에게 강력한 호소력을 발휘했고 지금도 그러하며 앞으로도 그럴 것이 자명하다. 이 시의 화자 '나'는 지금껏 "주고 또 주기만 하는 어거지 사랑" 곧 '이타적 사랑'에 전념해왔다. 이 작품은 사랑을 대하는 '나'의 태도의 극

적인 변화를 보여준다. 이제 '나'는 '신문들'이나 '사연' 또는 '행운목' 같은 '그동안 부리던 모든 것들'과 작별을 시도한다.

'나'의 새로운 사랑은 '이기심'이나 '냉정함'을 주장하고, '미움'과 '주먹다짐'도 불사한다. 자신을 중심에 두고 회전하는 사랑, 곧 '이기적 사랑'을 실천하겠노라는 '나'의 결의가 단호하다. "한없이 늘어지고 싶"고, "퍼질러자"고 싶은 욕망은 비굴한 억지 사랑을 거부하는 '나'의 확고한 의지이다.

정영운의 시 「사랑」의 강점은 "그래도 어느 날 사랑이 어른거리면 '떡 하나 주면 안 잡아먹지' 되뇌이겠네"라는 마지막 대목에서 잘 드러난다. 우리는 이 부분에서 '사랑'을 향한 숨길 수 없는 시인의 애정을 확인할 수 있다. 함중아의 노래 「내게도 사랑이」를 듣고만 싶은 순간이다.

한낮에도 내내 어두컴컴했던, 막다른 골목길 이끼 낀 담벼락에서 쏟아지던 저물녘의 비루함 같은 폐가처럼 조용하던 외딴집 문간방에서 흘러나오는 불빛 따라 숨죽여 흔들리던 맨드라미 꽃잎들의 외로움 같은

누구는 이곳에서 만남과 헤어짐을 한꺼번에 목격하는 재미가 쏠쏠하다지만 이별만을 목전에 둔 뻐딱한 자들에게는 참을 수 없는 모독이려니

비루함과 외로움과 넌덜머리가 나게 닳아빠진 지금에 와

서는 결코 사랑이라고 호명할 수 없는 것들을 버려두고 차
표에 찍힌 시간만을 기다리네 한 가지만이 허락되는 거룩
한 장소에서 오로지 나만을 싣고 갈 이별을 기다리네

—「간이역」 전문

정영운 시인은 이 시의 1연에서 '일반 역과는 달리 역
무원이 없고 정차만 하는 역'을 가리키는 '간이역'의 속성
을 형용사 '같은(같다)'을 활용하여 섬세하게 묘사한다.

2연에서 시인은 '간이역'을 바라보는 두 가지 시선을
제시한다. 그녀에 따르면 '누구'는 '이곳'에서 "만남과 헤
어짐을 한꺼번에 목격"하지만, '삐딱한 자들'에게는 '이
별'만이 허락될 뿐이다.

3연은 2연의 구체화인데, '그때'의 '사랑'은 '지금'은 '이
별'일 뿐이다. '사랑'이 '이별'로 바뀔 수밖에 없는 필연적
인 까닭은 시의 화자 '나'의 변화와 무관한 것이 아니다.
"비루함과 외로움과 넌덜머리"의 파도 속에서 "닳아빠
진" '나'는 감히 '사랑'을 운위할 자격이 없는 것이다. 정
영운 시인은 '간이역'을 이별을 기다리는 '거룩한 장소'로
규정하고 있는데, 여기에는 역설적으로 사랑의 위대함
을 암시하는 힘이 가득하다.

물이 오른 나무마다
목이 탄다고 엄살이니
물이 오른 꽃잎들까지

가슴이 탄다고 아우성이니
봄비는 엉겁결에 뛰어내리는 수밖에
기상대의 예보를 무시할 수밖에

우산도 없이 터덜거리다가
길 건너 공중전화 부스에 들어가서는
더 젖을 게 없다는 듯
봄비의 시선을 닫아버리는 저 사내
저 사내처럼 봄비가 버거운
횡단보도 바로 옆 포장마차 아저씨는
이미 망친 장사를 접을까 말까,
샛노란 꽃 흐드러진 산수유를 비껴서
먹장하늘만 올려다보는 중

비에 갇혀 있던
등마루 연립 쌍둥이 엄마가
두부 한 모 사려고 롯데마트에 들렀을 때,
602번 버스에서 내린 몇몇 사람은
오르막 보건소 길을 무심히 지나
각자의 골목으로 흩어지고

점심을 거르며
건성건성 뛰어내리던
봄비는 지금
비릿한 봄기운의 농도를
잘 맞추어 가며

봄꽃들의 완벽한 한때를 위해

천지사방을 말갛게 씻어 내리는 중

　　　　　　　　　—「봄비 오는 거리」 전문

　정영운 시인은 이번 시집의 표제작이기도 한 시 「딴청
피는 여자」에서 '~(하)자 ~(했)다'라는 특유의 어법을 과
시했고, 언어를 다루는 남다른 감각을 담담하게 표출했
다. 이에 덧붙여 그녀의 또 다른 시 「봄비 오는 거리」를
읽는 독자들은 말의 맛을 경쾌하게 살리는 시인의 섬세
한 언어 운용 능력에 새삼 감탄하게 될 것이다. '봄비'를
의인화한 점이 돋보이는 1연은 '반복'의 효과를 적극적으
로 살린 사례이다. 현대시에서 음악성을 확인할 수 있는
가장 손쉬운 방법은 단어나 어구, 구절의 반복인데 이
작품은 이를 능동적으로 반영했다. 가령 1연 5행~1연 6
행은 '~수밖에'를 반복하면서 함축과 여운을 남기는 종
결을 선택함으로써 이 시를 읽는 이들의 능동적인 참여
를 유도한다.
　이 시는 작품의 제목이기도 한 '봄비 오는 거리'를 형
상화하는데, 2연의 "~접을까 말까."나 "~올려다보는
중"은 말의 결을 유쾌하게 성장시키는 묘구妙句이다. 또
한 3연의 '등마루 연립'이나 '롯데마트', '602번 버스'나
'보건소 길' 등은 대상의 구체성과 사물의 실감을 극적으
로 포착한 절묘한 어휘이다. 더불어 우리는 4연에서 부
사 '지금'과 '~내리는 중'이라는 표현이 지향하는 현재진

행 어법이 시 본연의 모습과 맞닿아 있다는 점도 기억해
야 하겠다. 요컨대 이 시는 '봄비 오는 거리'와 '봄꽃들의
완벽한 한때'를 유려한 문체로 다듬은 가편佳篇이다.

　　방학이 되자 아이들은 고개 넘어 동네로 흩어지고
　　학교 옆에는 관사로 불리던 우리 집 한 채뿐

　　텅 빈 교정 넓은 운동장엔 무성하게 잡풀만 자라고
　　혼자서 하는 공기놀이에 지친 나는 그때,
　　어둡고 눅눅한 교실에서 만들어진 적막의 알갱이들이
　　깨진 창문으로 빠져나오는 걸 보았다
　　소리 없이 빠져나온 그것들은 전방위로 햇살이
　　내리꽂히는 운동장을 떠돌다가 천천히 가라앉는 것이었
　는데

　　매미도 울어대고 사마귀와 여치도 동무하자 했으나
　　나는 그것들을 묵살했고 집에서 기다리는 동생도
　　잊은 채 학교 안을 촘촘하게 채워 가는
　　그 입자 고운 알갱이들이 타전하는 부호들을
　　더듬더듬 읽어내기 시작했다
　　　　　　　　　　　　　　　　　—「외로움을 읽다」 전문

　시의 기본 속성 중 하나는 과거의 기억을, 현재 또는 지
금의 형식으로 되살리는 것이다. 유년幼年을 다루는 이 시
역시 기억의 재생을 다루는데 특이한 것은 그 배경이 '학

교' '관사' '운동장' '교실' 등 '학교'와 관련된다는 점이다.

아마도 이 작품에서 가장 문제적인 대목으로는 2연의 "나는 그때,/ 어둡고 눅눅한 교실에서 만들어진 적막의 알갱이들이/ 깨진 창문으로 빠져나오는 걸 보았다"와 3연의 "학교 안을 촘촘하게 채워가는/ 그 입자 고운 알갱이들이 타전하는 부호들을/ 더듬더듬 읽어내기 시작했다"를 꼽을 수 있겠다. '적막'이나 '외로움'의 정황을, 어떤 관념이 아닌 구체적인 실제 또는 하나의 물질로서 다루는 방식이 돋보인다.

이 시의 제목은 '외로움을 읽다'인데, 우리는 시의 화자 '나'가 적막의 알갱이들을 읽어내는 행위가 이내 쓰는 행위로 연결되었을 것으로 추정한다. '읽기'가 '쓰기'로 넘어가는 지점에서, 외로움을 기록하려는 순간, 비로소 시는 탄생할 수 있을 것이기 때문이다.

비, 후드득
꽃잎들, 후드득
슬픔 저도 덩달아 후드득

비 내리는 삼거리 주유소
오색 깃발들은 발끝까지 젖어 울고
깃발 아래 벚나무 한 그루
꽃잎들 아낌없이 풀어서라도
궂은 비 막아 보겠다고 나섰는데,
세상에 부질없는 한 역사가

부질없이 흩어지고 있다

괜스레 나는
거칠고 주름진 손등을
흐려진 눈으로 닦아보다가
조금만 울기로 했다
세월이 부려 놓은
등창의 몸부림에 기대
그러기로 했다

— 「후드득」 전문

시의 화자 '나'는 비 내리는 삼거리 주유소에 있다. '나'는 오색 깃발 아래 위치한 벚꽃나무 한 그루에 주목한다. '궂은 비'를 맞은 '꽃잎들'이 떨어질 때, '나'는 '슬픔'의 감정을 체감한다. 2연의 "세상에 부질없는 한 역사가/ 부질없이 흩어지고 있다"나 3연의 "괜시레 나는/ 거칠고 주름진 손등을/ 흐려진 눈으로 닦아보다가/ 조금만 울기로 했다"는 '나'의 슬픔을 강조한 표현이 된다.

'나'는 벚꽃의 낙화라는 현상 속에서, 아름다움의 소멸을 목도하면서 '시간' 또는 '세월'의 속절없는 경과經過를 성찰하고 있다. 꽃잎의 낙화에서 스스로의 슬픔 또는 우울을 바라보는 '나'의 태도는 사물 또는 대상을 자아와 동일화하고 일체화하는 방식이다. 그리고 이러한 동일화 또는 일체화가 가장 시적인 형태로 제시되는 대목이 1연이다. '비'와 '꽃잎들'과 '슬픔'이 부사 '후드득'과 결합

하면서 연쇄적으로 발생하는 이 부분은 "비가 온다/ 오누나/ 오는 비는 올지라도/ 한 닷새 왔으면 좋지."로 시작되는 김소월의 시 「왕십리(往十里)」를 연상시킨다.

정영운 시인의 시 「후드득」은 시의 음악 또는 시의 리듬은 물론이거니와 시와 노래의 상관성을 고찰할 수 있는 계기를 마련해 주는 작품이다. 곧 이 시는 작자인 정영운 시인이 순간의 예술로서의 시의 본질을 통찰하고 있음을 보여준다.

3.

우리가 살핀 정영운 시인의 시에는 과거와 현재, 기억과 일상이 함께 어울리고 있었다. 이번 시집에서 그녀가 다룬 시적 테마는 무척 광범위했으니, 아버지, 사랑, 이별, 외로움, 슬픔 등을 다룬 작품들이 별처럼 빛나고 있었다. 시인의 섬세한 언어 운용 능력은 말의 결을 경쾌하게 살리는 데 일조했다. 또한 그녀는 우리에게 시에 있어서의 음악 또는 리듬에 관한 타고난 감각을 보여주었다. 시인은 독자들에게 외로움을 읽고 쓰는 행위가 바로 시작(詩作)임을 일깨워주었다. 그런 까닭에 아득한 것을 존중하는 정영운의 은은한 시적 어법을 '정중동의 시학'으로 규정하는 일도 불가능한 미션은 아닐 것이다. 앞으로 그녀의 아름답고 치열한 시적 탐구가 더욱 넓고 깊은 문학적 성취로 귀결되기를 간절한 마음으로 기원한다.